遺品

Ikei Masaki
池井昌樹

思潮社

遺品

池井昌樹

思潮社

目次

装幀＝菊地信義

遺品　池井昌樹

あ

うまれてはじめて
あ　といった
おおきくなって
い　といった
おとなになって
た　といった
おやじになって
い　とまたいった
おいさきみじかくなってから

あいたい　と
はじめてことばにしていった
ぼくはだれかにあいたくて
ここにうまれてきたのだけれど
ぼくはだれかにあいたくて
こうしていきてきたのだけれど
ぼくはだれにもあえなくて
のこりわずかになったいま
くるしまぎれにもういちど
あ　といってみた
だれにともなく

竪琴

せかいはふしぎにみちている
なにしろうたがあるからね
なにしろそらがあるからね
そらのしたにはうみがあり
うみのほとりにひとがすみ
ながらくくらしてきたからね

せかいはふしぎにみちている
なにしろうたがあるからね

うたいつづけてきたそらが
うたいつづけてきたうみが
うたいつづけてきたひとが
ながらくともにあるからね

せかいはふしぎにみちている
ふしぎにみちたそのどこか
うたうたわせてきたものが
そらでなく
うみでなく
ひとでなく
いまもまだ

みえない竪琴《リラ》を
つまびくゆびが

笑

ちいさいこってはがないね
はがなくってもわらってる
はえかわるはがあるからさ
もっとおおきくなるからさ

おとしよりってはがないね
はがなくってもわらってる
はえかわるはがないからさ
もっとちいさくなるからさ

ちいさいこからおとしより
ずっとつづいてきたわらい
おとしよりからそのさきへ
もっとつづいてゆくわらい

だれもひらいたことのない
こころのおくにきらきらと
しろくまばゆくひかるもの
はえそめたはをのぞかせて

いつからか
いつまでも
ひのように
きえないわらい

言葉

なんでもひとりでできたころ
どこにもひとりでゆけたころ
なんだってよろこびだった
どこだってかがやいていた
……そらがきれいだ
　うみがきれいだ
ほかにことばはいらなかった
なんにもひとりでできなくなって

どこにもひとりでゆけなくなって
ひとはひとりでないことを
ひとりでいられないことを
……そらがきれいだ
　　うみがきれいだ
そんなことばももらしたけれど

……もっときれいだ
なんのこと？
わからない
そういいかけて
ふいにだまって
ひとはうまれてはじめてのよう
みつめあうのだ

……そらのした
うみのほとり
どんなことばもきれいにすてて

人生がおしまいになろうとも

人生がおしまいになろうとして
そのひとのおもったことは
カムパネルラをどうしようとか
グスコーブドリをこうしようとか
そんなことではありません

人生がおしまいになろうとして
そのひとのねがったことは
どんな資料も

どんな年譜も
しるせなかったそんなこと

人生がおしまいになろうとして
そのひとのいのったことは……
なあんだそうか
そんなことなら
そんなこと

だれもしってる
だれもしらない
そんなこと
それだけを
人生がおしまいになろうとも

道

かえるがひとはねぴょんとゆく
へびがうねうねうねくってゆく
ありがぎょうれつつくってゆく
のがもおやこがよちよちとゆく
ああみちがうまれる
やまいぬがひそやかにゆく
やまねこがひそやかにゆく
やまんばがひそやかにゆく
かっぱがよふけてひたはしる

ああみちがうまれる
うしかいがうしひいてゆく
うまかたがうたうたってゆく
たびびとがきせるをふかす
ひきゃくがはだかでかけてゆく
ああみちがうまれる
のがももへびもかえるもありも
かっぱもひともやまんばも
それぞれのはやさですぎる
それぞれのいのちがゆきかう
おおにぎわいののどかなみちに
あかもきいろもあおもなく
とまれもすすめもきをつけもなく
とどこおらないかわのよう
どんなみちよりとおくから

どんなみちよりとおくへと
ながれつづける
うまれつづける
ひとすじの
はてしないみちがどこかに

不死鳥

むかしはむすこのてをひいて
まいとしいなかにかえったものだが
いなかのいえにはちちはははがいて
ぶつだんがありざしきがあり
にわにはちいさないけがあり
いけのほとりでおさないものと
かたよせきんぎょながめたものだが
いえのとなりにおとなりが
いえのむかいにおむかいが

むかしながらのつきあいが
いまはない
なにもない
いえのとなりにふかいもり
はてしれぬもり
いえのむかいにふかいたに
そこしれぬたに
ふりむけば
ちいさないけもにわもない
ぶつだんもないざしきもない
ちちははもいないいえもない
ふかいもり
はてしれぬもり
ふかいたに
そこしれぬたに

そのたにぞこから
一劫一度
不死鳥《フェニックス》がまいあがり
そらへときえる
ふかいそら
はてしれぬそら
なにもない
だれもいない

もしも

もしもあなたがほんとうに
いまあのひとであったなら
あんなところにいたのなら
あなたはそのときなきだしますか
それともことばをなくしますか
もしもあなたがほんとうは
ぜんぶうそだとわかったら
あなたはそのときふきだしますか
それともふかくすくわれますか

あなたはふかくすくわれて
たわいなくよろこんだり
たわいなくかなしんだり
これまでどおりのまいにちを
まいにちつづけてゆきますか
もしもあなたがほんとうは
つかのまのゆめだとしても
あんなところにいるあのひとの
さめぎわにみた
ゆめだとしても

夢

おもいだしてはならないゆめを
おもいだしてはならないのです
ゆめからさめたただそれだけを
よろこびとしていきることです
だれかしきりにささやくけれど
いまもしきりにささやくけれど
おもいだしてはならないゆめの
いつかはさめるゆめのほとりで

母の部屋

母の部屋には碧い花瓶とこけしが飾られてあった。どちらも見慣れたものだったが、幼い頃はこけしの顔が少し恐かった。こけしの脇に小さな写真が立ててあって、写真の中には若い父母が、そして幼い姉と弟（私のことだ）が笑っていた。母の部屋は、もとはこの姉の部屋だった。姉は大学進学し他県で暮らすためその部屋を出た。隣は父の居室だった。日曜毎に碁盤とにらめっこしていた父は二十年前に逝った。やすらかな顔だった。その隣が私の部屋だった。私はその部屋で、あるとき詩のようなものを震えながら初めて刻した。虫の音のする夜だった。私は窓からさまよい出して、それきりずっと迷子のままだ。一人残された部屋で、母はどんな思いであの写真を見ていただろう。その母も、今は郷里の施設に暮らす。瓦屋根に星影が映え、誰もいない母の部屋には碧い花瓶とこけしが並び、少し恐いこけしの脇には小さな写真。写真の中では若い父母が、そして幼い姉と弟（私のことだ）が、今も変わらず笑っているのである。

母の声

真夜中に
電話が鳴った
誰なんだろう
ねぼけまなこで受話器をとると
郷里の母の声がした
なんもしんぱいせんでいい
あんたはあたしの子じゃからの
あたしの子じゃといわれても
その子はとうに還暦をすぎ

母が施設にはいってからは
もうなんねんもあわないし
ぼくのなまえもろくすっぽ
いまはおぼえてないくせに
なにがしんぱいなんだろう
どこからかけてきたんだろう
妻にもいえない
誰にもいえない
まぎれもないあの母の声
あんたはあたしの子じゃからの
ねぼけまなこで受話器をおいた
星ひとつない闇夜の底の
夢ではなかった

貝殻

はまにでて
けさもかいがらひろいます
まきがいつのがいさくらがい
みみにあてればこもりうた
とおいしおなりきこえます
はまにでて
ひのくれるまでひろいます
あかねみずいろはなだいろ
こころのおくもそまるよう

おくのおくまでそまるよう
はまにでて
いまもかいがらひろいます
かいがらにたたからもの
ひろいつづけてとしをとり
ほしがでて
とおいしおなりきこえます
だれかよぶこえしています

金色

ふかくあたまをさげていた
ふかくあたまをさげていた
はたらきつづけたほんやにむかい
きえさってゆくほんやにむかい
ふかくあたまをさげてから
ぼくはどこかへたびだって
ずいぶんときはすぎさって
こんなとおくにひとりきり
けれどあたまをさげつづけている

だれにみられていたんだろう
ぼくでもない
だれでもない
いつでもない
どこでもない
すぎさってゆくものにむかって
きえさってゆくものにむかって
ぼくのこころのおくふかく
こんじきにかがやくものが
いまもだまって

来迎

どこからやってきたんだろう
どこからやってきたんだろう
あんなきれいなぱれえどが
にぎやかなのにおとのない
かげどうろうのぱれえどが
むれまうちょうやほしくずや
かぼちゃのばしゃのあいだには
やさしいいえがおもみえかくれ
どこからやってきたんだろう

どこからやってきたんだろう
ひとのよの
ひとつひとつの
まどあかり
かぞえきれないかなしみも
かぞえきれないよろこびも
なかまにいれてもらえずに
どこからやってきたんだろう
どこからやってきたんだろう
こんなきれいなぱれえどが
おしまいのないぱれえどが
そっととまった
そっととまって
たったいま
ゆめからさめたばかりなぼくの

ぼくのからだを
そっとひきよせ
ひそやかにまためぐりはじめた

遺品

髪の毛すこし
歯がすこし
金冠も
銀冠もない
カネにはならない
カネならおれのかくしのなかに
錆びた小銭がなんまいか
それだけだ
なにかのたしにするがいい

なんのたしにもなるもんか
はきすてるようその子がいった
そのときからだ
かくされてきた
遺品がかがやきはじめたのは
それがなにかはしれなかったが
どこにあるかもしれなかったが
なにもほしいとおもわなかった
そのときからだ
ひめられてきた
遺品がかがやきつづけたのは
どこのだれともしれなかったが
だれのものともしれなかったが

里人

わたしはいえでくらしています
いろんないえでくらしています
たとえばたえずめぐりゆく
いまことよばれるいえで
あるいは国家とよばれるいえで
国民というおおぜいの
かぞくがくらしているように
とうめいにかさなりあった
このいえで

わたしもかぞくのひとりです
けれどてさぐりしてみても
どんないえだか
どんなかぞくか
どこにもつかみどころがなくて
このいえは
あかるいけれどまっくらで
あたたかくてもうそさむく
そこしれぬほどさびしくて
きがつけば
わたしのなまえもうばわれて
かわりにしらないばんごうが
ですからかえりたいのです
いますぐかえりたいのです
そこがどこだかしらないけれど

どこかにたえてしまったいえが
ひとざとといういえがあり
あんなところにひがもえて
あんなあかるいあたたかい
ひをかこむてとてがあって
だれかわたしをまっているから
もうもどれないさとびとを
まだまちわびる
ひとざとといういえがあるから
わたしはかえりたいのです
いますぐかえりたいのです
わたしのむねのおくふかく
だれかのむねのおくふかく
もえるひが
あそこです

あそこがわたしのいえですから
まぎれもない
わたしはかぞくのひとりですから
あそこへかえりたいのです
わたしはいえでくらしていますが
いろんないえでくらしていますが
ほんとうは
ひとつしかないそらのした
ひとつしかないやねのした
ひとつしかないあのいえの
表札なんかいらないいえの
ひとりのひとでいるほかは
どんなかぞくのひとりでも
ありたくないと
おもいますから

詩は

のこらなくっていいんです
なにひとつ
しられなくっていいんです
あなたにあえればいいんです
そこにゆければいいんです
それだけなんです
それだけなのに
きのうあなたにあえなくて
きょうまたそこにゆけなくて

ぢだんだふんでいるんです
ぢだんだふんでばかりです
あしたあなたにあえたなら
あさってそこにゆけたなら
わたしもわたしのぢだんだも
あとかたもなくきえてゆき
あわゆきのようきえてゆき
ゆきどけあとのあさつゆが
かがやいて
ふるえておちて
のばないちりん
だれにしられることもなく
まぶしげに
はれやかに

誰の掌に

一羽の弱ったコマツグミを
もう一度、巣に戻してやれるなら
わたしの人生だって無駄ではないだろう
—Emily Dickinson（長田弘訳）

ゆびさきに
つままれた
てのひらに
つつまれた
（だれのてに？）
うまれてまもないころのこと
まだめもあかないころのこと
そのあさのこと

きがつけば
ものもいえずにたおれていた
なにがおきたかしらないけれど
なにもかももうおわったんだな
そうかんじたとき
ゆびさきに
つままれた
てのひらに
つつまれた
わたしもゆびもてのひらも
ふるえていた
ふるえるかいながのばされて
わたしはこずえのもとのすへ
だからこうしてはなせるけれど
いまはげんきにさえずるけれど

わたしはいまもおもいだす
うまれてまもないころのこと
まだめもあかないころのこと
だれもしらない
あのあさのこと
ゆびさきに
つままれた
てのひらに
つつまれた
(だれのてに?)
そのときだった
なにかおおきなものがこわれた
なにかおおきなものがうまれた
なにがおきたかしらないけれど
わたしがさえずりはじめたのは

秋

このしずまりは
このひそまりは
たしかにどこかへつうじている
どこかへつうじるぬけみちがある
ぬけみちのさき
かどをまがると
しらかべに
ちすじみたいなこかげがうつり
ゆきかうひともいないのに

なにかこちらへやってくる
なにかたしかにちかづいてくる
それがなにかはしらないけれど
いきをころしてまっている

きがつけば
こどもなのだ
ぼくはおさないこどもなのだ
あきのまつりのおさがりを
あのころのままでまっているのだ
たしかにどこかへつうじている
どこかへつうじるぬけみちの
みちのほとりのひだまりで
いまかいまかと
いまもまだ

掌

あきかぜのたつころともなると
そぼはおはぎをつくりはじめる
きなこにあんこにあおのりに
あかるくてのひらそめながら

あんたにたべさせとおてのう

はるかぜのたつころともなると
そぼはぼたもちつくりはじめる

きなこにあんこにあおのりに
あかるくてのひらそめながら
あんたにたべさせとおてのぅ

そぼもおはぎもぼたもちも
きなこもあんこもあおのりも
なにかわらないのだけれど
あかるくてのひらそめながら
あんたにたべさせとおてのぅ

かぞえきれないこぞことし
かぞえきれないそぼとまご
きせつのかぜのたつたびに

あかるくてのひらそめてきた

あんたにたべさせとおてのぅ

あんたとはだれだったのだろう
だれのこえだったのだろう
いくらよんでももうもどらない
あかるくそまったはだかのて

あれはなんだったのだろう

すぼめたりょうてのすきまから
ほたるのともすあかりがもれて
そのてのひらもほたるもきえて
またあきかぜのたつころとなり

台風

すぎたようだな
たいふうも
……………
そのようですね
ひくいこえ
ちちははがかたらっている
あけがたちかく
ふとんのなかで
それをだまってきいている

おさないぼくはきえてしまったし
ちちはとっくにいってしまったし
しせつのははともながくあわない
つまはとなりでまだねむっていて
このこえをきくもうだれもいない
そうだった
すぎてしまった
なにもかも
すぎてしまった
…………………
そのようですね
なごりのかぜが

かえっておいで

かえっておいで
かえっておいで
どこかでぼくをよぶこえが
けれどかえれぬわけがあり
それでもぼくをよぶこえが
かえっておいで
かえっておいで
だれだろう
ほんとうは

ぼくをまつもうだれもなく
かえれるどこもないぼくを
なおもしきりによぶこえが
かえっておいで
かえっておいで
けれどかえれぬそのわけを
だれにもいえぬそのわけを
ささやきかける
あのこえが
あのこえだけが
みみもとで
かえっておいで
かえっておいで
もっとさき
もっとさきへと

世界の秘密

だれもしらないあさのこと
せかいのおわるあさのこと
そのあさが
そのままに
もちさられ
ときはすぎ
ながいゆめからさめたよう
なにごともないけさのひに
まだうまいするみどりごの

かたくにぎったてのなかの
だれもしらない
せかいのひみつ

銀河系

珍しいものを匿している友を訪ねた。友の家は代々鶏舎を営んでいて、怒れる父母《ちちはは》の姿は日頃なかった。錆びた鉄梯子攀じ部屋に上がると、錆びた風見の鶏冠が微かに揺れた……。ニスの剝げた学習机の上にはいつも、何かの木の実で作られた旧《ふる》い地球儀が置かれていた。その地球儀には見たことのない陸や海が描かれていて、訪ねる度にその陸や海は異なっているのだった……。学習机のきしむ抽出し開ければ珍かなものばかり鈍く澄み清み澄み澱《おど》み瑪瑙のように琥珀のように跡から跡から顕《あら》現《わ》れて、脳裏の闇の漆黒の石炭袋をピシと裂けば最古の香木が仄かに匂う……と、いや、待ってくれ、そうじゃない、あの友も、あの部屋も、ニスの剝げた学習机も、どこにもなかった。そんなものもともとなかった。それならば、今も私の掌に遺るこの澄み清み澄み澱む美しい璧《たま》は何だろう。ありえない記憶を辿ろうとすればいつも、その最涯の漆黒の石炭袋の裂け目から最古の香木が仄かに匂う……口外できない、目には見えない璧を戴く掌をそっと閉ざすと、璧は消え掌紋も消え私も消えて、何処からか、長閑に鶏《とり》の声がする。怒れる父母はいつの日も鍔広帽を目深に被り、

何処の誰とも知れないが、ニスの剝げた学習
机の上、何かの木の実で作られた地球儀のお
もてに今は陸も海も見えず、ただささえざえと
しらじらと銀河がめぐりつづけているのだ。

花吹雪

だれかがはなをいけている
だれかがすみをすっている
ぬれえんで
ごばんをかこむものもいる
こうのけむりはひとすじに
よじれもせずにたちのぼり
しずかにときがすぎてゆく
ととのいました
よぶこえに

だれもがしんとたちあがり
おりからのはるかぜにのり
まいあがり
うずまきながらそうれつは
はなふぶくよう
そらへときえた
ゆめからさめたひとひらの
なきがらだけをおきざって

うつくしい詩は

おはようも
おやすみも
いってきますも
ただいまも
うしなわれてゆくだろう
うつくしい詩は
うしなわれてゆくだろう
しぐれさみだれ
こぬかあめ

おつきさま
おひさまも
うしなわれてゆくだろう
うつくしい詩は
うしなわれてゆくだろう
けれどいつかは
つぶらなひとみ
やがてふたたび
めざめるだろう
おはようと
ただいまと
おなかすかして
うつくしい詩は
それまでは
そのあさまでは

ごきげんよう
おやすみなさい
しぐれさみだれ
こぬかあめ
おつきさま
おひさまのゆめ
ほしふるよるを
ふりつもる詩よ

めをとじて

ふうりんのねにききほれた
すずむしのねに
ふるゆきのねに
はなひらくねにききほれた
あさゆうかわすあいさつや
かきねごしでのかたらいや
おおむかしからかわらない
もじにかいてはあじけない
もじにできないあのねいろ

あのこえに
めをとじて
ふうりんのねはいつしかたえて
すずむしのねはいつしかたえて
ゆきはやみ
はなはかれ
あさゆうかわすあいさつも
かきねごしでのかたらいも
とうにたえたが
わたしのなかにたえないものが
もじにならないあのねいろ
あのこえが
よせてはかえすなみのよう
よごとまたたくほしのよう
いのちのように

いまもまだ
めをとじて

いいこと

しあわせって
なんですか
どんないいこと
なんですか
だれよりゆたかな
ことですか
だれよりすぐれた
ことですか
むかしにかえる
ことですか

あしたにむかう
ことですか
しあわせって
なんですか
なんだろう
みちのべの
くさむらで
いしころは
かんがえた
かたよせて
ひをあびて
あくびして
めをとじた
おおむかしから
うまれたままで

であえそう

であえそう
そうおもったら
それだけで
やってくるひと
それがだれかはしらないけれど
どこにいるかもしらないけれど
であえそう
そうおもったら
それだけで

ほらもうそこに
それはだれでもしっている
それはいつでもここにいる
であえそう
そうおもったら
それだけで
であえるだれか
それはであったことのない
それはだれよりたいせつな
であえそう
であいたい
それだけで
ただそれだけで
いまふりむいた
ほほえんだ

あたらしい
けさのわたしが

こころがひとつ

だれのこころか
こころがひとつ
おっこちた
どうしよう
こころはふかいやみのそこ
どれほどときがすぎたろう
どこからか
よぶこえが
こころはぴんとみみをたて

ちぎれんばかりしっぽふり
かけよった
だきあった
こころはこころをぺろぺろなめた
こころはこころをやさしくなでた
すくわれた
すくいだしたのは
だれのこころか
こころがひとつ

伴侶

おさないころのゆめをみていた
ふるさとのいえのゆめをみていた
ちちははがいた　あねがいた
そふぼがやさしくほほえんでいた
コロもしっぽをふっていたのに
ぼくはだれかをさがしていた
おおごえで
だれかのなまえをよびながら
めがさめた

ふるさとのいえではなかった
どこかしらないあかときやみに
そのひとはまだまどろんでいた
いつからか
いつものように
ああよかったとぼくはおもった
もうおさなくはなかったけれど

用

つまといて
ようもないのに
こえをかけたくなることが
なにかいいたくなることが
ようもないから
だまっているが
ひとはひとりになることが
いつかひとりになることが
たったひとりで

ひとりっきりで
だからなによりたいせつな
どんなことよりたいせつな
たいせつな
ようがあるから
だまってせなかみていたら
いぶかしそうにふりむいた
つまのめに
めをふせて

その日から

ゆうがたからでかけるけれど
なにかきいとくことはない？
そういうと
なんにもないわ
きをつけて
ぱあとのつまをみおくりながら
あかりはけしてでるからね
とびらをしめた
ゆうがたがきた
やがてしずかなよるになり

つまはつかれてかえってきて
とびらをあけた
あかりともした
そのひから
あかりはともりつづけるだろう
かぞえきれないあかりのなかの
たったひとつのまどあかり
みおぼえのあるまどごしに
なにかきいとくことはない？
そのひから
ほしはまたたきつづけるだろう
かぞえきれないあかりのなかの
たったひとつのほしあかり
みおぼえのあるあのほしが
なにかひとこといいたげに

おはよう

いつかだれかにみをすすがれて
いつかだれかにみをぬぐわれて
ねまきなんかもきせかけられて
あやされながらねむりについた
めざめれば
こんなしらきのはこのなか
おおぜいのめがみおろすけれど
みしっただれのかおもなく
めのやりばにもこまっていたら

おはよう　と
どこかでやさしいこえがした
そこがどこかはしらないけれど
だれのこえかもしらないけれど
おはよう　と
やはりこたえて
いつものほうへあるいていった
あのひのように
たったひとりで

雲

こころはずませかえってきた
こころはずますなにひとつ
あったわけではないけれど
そらをみあげてかえってきた
そらにはくもがかがやきながら
さざなみのようわたっていて
ふうっときえる
そんなきがした
ふうっときえる

そんなきがしたぼくとはぐれて
いつかしらないそらをわたって
こころはずませかえっていった
さざなみのようかがやきながら

掌中

ああせっけんが
とけてゆく
きえてゆく
てのなかで
いろとりどりな
あぶくをのこし
なにがそんなに
しあわせなのか
わらいながら

ささめきながら
ああぼくもまた
とけてゆく
きえてゆく
いろとりどりな
あぶくのような
かぞえきれない
おもいをのこし
なにがそんなに
しあわせなのか
わらいながら
ささめきながら
だれもしらない
てのなかで

あなたとともに

あなたとともに
いきてきた
あなたなしでは
いられなかった
あなたとは
だれだったのか
ちちだったのか
ははだったのか
ちちをよぶには

よそよそしいし
ははをよぶには
きはずかしいし
あなたとは
だれだったのか
つまだったのか
こらだったのか
つまをよぶには
すこしちがうし
こらをよぶにも
どこかちがうし
あなたとは
だれだったのか
わからない
あなたとともに

たびをして
なきながら
わらいながら
あなたとともに
ゆきくれて
ひとはどこかで
やがていつかは
あなたひとりに
みとられて

私の名前

まちでしごとをしていたころは
おにいさん
ほんやさん
てんいんさん
うしろから
いろんななまえでよばれては
ふりむいた
いろんなひとがたっていた
あのひとも

このひとも
いなくなり
あのまちも
きえうせて
けれどわたしはまだここにいて
やくたたず
かいしょなし
もうろくじじい
うしろから
どんななまえでよばれても
もうふりむかない
しらんぷり
なにかしら
なにかしている
なんのやくにもたたないなにか

なんのたしにもならないなにか
けれどなくてはならないなにか
せっせといきをふきかけながら
いっしんふらん
みがいてるんだ
みせてあげない
おしえてあげない
いつのひか
うしろから
わたしのなまえをよぶこえに
こんどこそ
はればれと
ほんとうに
ふりむくために

遊ぶひと

ひさしぶりです
ひさしぶりだね
どうしてました？
あいかわらずさ
あそんでばかり？
きみとおなじさ
ひとしきり
哄笑　哄笑……
あれからずいぶんたつけれど

きみはちっともかわらない
あなたもほんとにかわりなく
ぼくらあそこにいたころは
さんざんくろうしたもんさ
ほんとにくろうしましたね
ひとしきり
沈黙　沈黙……
ぼくらあそこにいたころは
いっぱしひとのなりしてさ
ひたすらしごとのふりしてさ
じつはこっそりあそんでばかり
かたみのせまいくらしだったね
（いつだかおしりけとばされたり）
ひとしきり
哄笑　哄笑……

けれどここからみていると
なんだかあそこがなつかしい
ほんとにあそこがいとおしい
なぜだろう
あんなにくるしかったのに
もうわすれたいほどなのに
ひとしきり
沈黙　沈黙……
ところでこれからどちらへと？
わからない
きみとおなじさ
こんどいつまたあえるやら？
わからない
こんどもいつもないいつか
じゃ　そのいつか

ここからみえるなつかしい
あのほしで　また
ひとしきり
哄笑　哄笑……
だれとはなしていたんだろう
ながいゆめからさめたよう
おはうちからしたそのひとは
ひときわふかくしわぶきながら
くらくゆらめくほかげのなかで
さいごのおんぷをそっとしるした
そしてひとりであるいていった
おしまいのない
あそびのほうへ

カナリア

なにもかもいやになって
遠い知らない町に出かけた
知らない過去の町に出かけた
暮れ泥む空
どこからか
カナリアの声
と思ったら
クラヴィコードの古朴な音色
かれのソナタだ

矢も楯もたまらなくなり
音の聞こえる部屋をつきとめ
ノックした
あらわれた
深い瞳
大きな鼻
金の巻毛に隠した耳
やあいらっしゃい
こんにちは
こころはやがて通い出す
いいですね
いきましょう
きみのいうその未来とやらへ
ちかごろぼくもなんとなく
なにもかもいやになってね

そう言うと
連れ立って
いつもの町のいまここの
人波のなか
暮れ泥む空
どこからか
カナリアの声
と思ったら
さびしげに
かれはほほえみ
よこがおをむけ
金の巻毛に隠した耳を
そっと立て
それっきり
消えてしまった

深い瞳も
大きな鼻も
なにもかも
そんなこと
知ってか知らずか
町はいつでも人らにあふれ
町はいまでもさざめきにゆれ
けれども遠い知らない町の
知らない過去の空は暮れ
どこからか
カナリアの声

空耳

なにもかもいやになって
じいちゃんとさんぽした
じいちゃんはつえついて
おきにいりぼうしかむって
じいちゃんのにおいがした
おまごさんですかいのう
なつかしそうにこえかけてくる
あのおとしより
このおとしより

みんなしらないひとなのに
どこかでいつかあったよう
ぼくはなんだかたのしくなって
なんだかほんとにたのしくなって
じいちゃんのてをふりほどき
あそんでくるよ
かけだした
じいちゃんはつえついて
おきにいりぼうしかむって
あんまりくらくならんまに
はようおかえり
かえっていった
じいちゃんのにおいのこして
あれからぼくは
あそびつづけて

こんなにくらくなったのに
こんなにとしもとったのに
こんやのごはんなんだろう
ぼんやりとそうおもったり
つまとゆくすえあんじたり
はようおかえり
あのそらみみに
うなずいてまたしらんぷり

夕空晴れて

なにもかもいやになって
かえりのバスをまちながら
ひとなみにまぎれていると
ぼくがいた
ひさしぶり
あいかわらずだ
ゆうやけぞらをみあげている
くたびれはてたよこがおだ
うまくゆかないつとめのことか
それともおさないわがこのことか

ためいきなんかついている
とおもったらもうほほえんだ
のんきなやつだ
あいかわらずだ
ぼくはこっそりちかづいて
つついてやった
ぼくはふりむき
あたりみまわし
ゆめからさめたようなかお
バスにのり
ゆうやけぞらをみあげたり
すこしほほえみうかべたり
つまだけがまつわがやへと
かえっていった
くちぶえふいて

星界の報告　あとがきにかえて

　絵を描くより遊んでいる方が楽しい。九十七歳で天寿を全うした画家熊谷守一の、それは常なる思いでした。熊谷さんの「遊び」とは、例えば、火や石を飽かず眺める、つまり、無私でいることだったようです。出来るなら何時間でも何日でもそうしていたかったようです。あの絵は、そこからやってきました。

　詩を書くより遊んでいる方が楽しい。私もときどきそう思います。私にとって、詩は、何より楽しい、最も巨きな遊びです。けれど、それが、何だか楽しくなくなったとき、きまって思い出すことがあります。

　半世紀前、まだ十三歳の初夏のこと。日記さえ満足に書けなかった一人の魯鈍な中学生が、どんな智識も借りず、何のためでもなく、自ら望んで、生まれて初めて、夢中で刻した数行のこと。勿論、それを詩だとは思わない。けれど、大変大切なもの。書いたのではなく産み落とした、というなまなましい歓びと後ろめたさ、あの無私の一刻のこと。

詩はおろか、詩という言葉さえ知らなかった私に、それは、向こうからやってきました。星界の報告のように。何故か？ その疑問符を、私は、決して手放すまいと希っています。私たちの詩が、常に、これからも、詩より楽しい、最も古くからある最も巨きな遊びであり続けるために。

菊地信義氏の装幀は、著者年来の宿願だった。心に秘したままでいたが、編集部藤井一乃さんには、疾っくにお見通しのことだったらしい。告げられた夜、寝付けなかった。初めての遠足前夜、それ以来のことだった。お二方の御厚意に深く御礼申し上げる。

令和元年六月　池井昌樹

池井昌樹

一九五三年香川県生まれ。十三歳の六月の夜、詩のようなものを初めて産み落とし、以来、山本太郎選により進学雑誌投稿欄で次々と入選。一九六七年、旺文社主催文部省後援全国学芸コンクールで「雨の日のたたみ」が特選第一席。一九七二年、「歴程」同人となり、会田綱雄を知る。一九七七年、第一詩集『理科系の路地まで』（山本太郎序、谷内六郎画）以降、『遺品』までの単行詩集が十九冊。選詩集として『現代詩文庫・池井昌樹詩集』、『池井昌樹詩集』（ハルキ文庫）、その他に植田正治の写真とコラボレーションした写真詩集『手から、手へ』（集英社・企画と構成　山本純司）がある。現在、法政大学講師、粕谷栄市との手書き手作り詩誌「森羅」同人。

遺品《いひん》

著者
池井《いけい》昌樹《まさき》

発行者
小田久郎

発行所
株式会社思潮社
〒一六二—〇八四二　東京都新宿区市谷砂土原町三—十五
電話〇三（三二六七）八一五三（営業）・八一四一（編集）

印刷所
創栄図書印刷株式会社

製本所
小高製本工業株式会社

発行日
二〇一九年九月二十日